AF297895

ÉPITRE

AU CITOYEN

FRANÇOIS (DE NEUFCHATEAU),

SUR SA RENONCIATION AU MINISTÈRE DE LA JUSTICE.

A PARIS

DE L'IMPRIMERIE NATIONALE

1792.

ÉPITRE

AU CITOYEN

FRANÇOIS (de Neufchateau),

SUR SA RENONCIATION AU MINISTÈRE DE LA JUSTICE (1).

Quoi! vous avez la barbarie
De vous refuser aux honneurs
Dont on voulait jetter les fleurs
Sur le reste de votre vie!
Un beau titre vous était dû;
La République vous le donne;
Mais tout Paris est confondu
De voir abdiquer la couronne
Du génie & de la vertu.
Tout le monde, en secret, envie
Ce rang, où vous alliez monter;
Et vous aimez mieux écouter
La goutte & la philosophie!......

A 2

C'eſt bien pour vous ; mais, je vous prie,
Avez-vous cru que vos Amis
Ainſi que vous étaient ſoumis
A cette double maladie ?

PAR ce refus inattendu,
Goutteux & ſage que vous êtes,
Savez-vous le tort que vous faites
A mon chétif individu ?
Moi , le plus maigre des Poëtes,
J'allais mourir de gras-fondu.
Votre triomphe était le nôtre.
Chacun ſait que depuis vingt ans (2),
De l'amitié les nœuds conſtans
Nous ont réunis l'un à l'autre.
J'aurais joui de vos ſuccès ;
D'avance je m'applaudiſſais ;
Ma gloire naiſſait de la vôtre.
Certes , vous me jouez un tour
Impardonnable, quand j'y penſe....
Déjà l'on me faiſait la cour ;
Déjà ſur ma faible exiſtence,
Vous répandiez un nouveau jour ,
Et votre grande conſiſtance
Me compoſait un alentour,
Qui me donnait de l'importance.

Mes égaux prenaient avec moi
Une attitude plus polie ;
Chacun me regardait, je croi.
Je parle de bonne-foi,
Non : ce n'eſt point une folie,
Ma bonne fortune, entre-nous,
Devait me ſembler comme à vous
Auſſi facile que jolie.

En rien vous n'étiez compromis ;
Votre ame, à la vertu fidèle,
Pour faire parler à Thémis
Un langage, enfin, digne d'Elle,
N'avoit pas beſoin du modèle,
Ni du ſtyle de vos Amis.
Elevé dans ſon ſanctuaire ;
Et jeûne, au travail endurci,
Dans l'un & dans l'autre hémiſphère,
Célèbre au Cap tout comme ici ;
Vous apportiez au miniſtère,
Tout ce qu'il fallait, Dieu-merci,
Pour vous paſſer de ſecrétaire.
Mais, ſous quelques rapports, auſſi,
Je vous étais fort néceſſaire.
Je connois aſſez votre humeur.
Vous aimez à ne rien ſurfaire ;
Vous haïſſez, du fond du cœur,

Ce ton augufte & protecteur,
Et cette emphafe pédantefque,
Qui font d'un miniftre un acteur,
Ou même un charlatan grotefque,
Mais , nous vous aurions foulagé,
Vous pouviez demeurer tranquille ;
Miniftre , fans être changé ,
Gardant votre air & votre ftyle,
Vous auriez fans fafte obligé
Quiconque eût pu fe rendre utile.....
Pour vous, nous aurions protégé ;
Et, du fort bravant l'inconftance,
Chacun de nous , en fûreté ,
Vous eût, (voyez quelle prudence)
Laiffé les droits de la féance,
Et la RESPONSABILITÉ.

CONTRE une table délicate
Qu'il vous aurait fallu tenir,
Vous auriez pu vous fouvenir
Des févères lois d'Hypocrate.
Simple & modefte en tous vos goûts,
Vous n'aviez qu'à nous laiffer faire.
Tous les fardeaux tombaient fur nous,
Même ceux de la bonne chère :
Nous aurions digéré pour vous.

Voyez comme du miniſtère
Les épines diſparaiſſaient ;
Comme vos amis s'empreſſaient
A vous applanir la carrière !
Ventrebleu ! Quel regret mortel !
Je me voyois , Place Vendôme,
Nommé le citoyen un Tel ,
Faiſant les honneurs de l'hôtel
Dont j'euſſe été le Major-Dôme.
Près de vous , j'avais du crédit ,
J'aurais diſtribué les graces ;
Près de vous j'avais de l'eſprit ,
J'aurais de près ſuivi vos traces ;
Et, tout en vuidant vos flacons
Je dois croire que vos convives ,
Charmés de mes rimes naïves
Auraient trouvé mes vers fort-bons.

Hélas ! Il faut de ma penſée
Bannir ce rêve décevant ;
Toute ma gloire eſt effacée :
Je ſuis Gros-Jean comme devant (3).
Ainſi de la ſphère éclatante
Où votre eſſor m'aurait porté,
Je rentre en mon obſcurité.

Pour vous, je vois ce qui vous tente.
Le ſage de peu ſe contente :

Il préfère à tout la fanté,
Et comme fon Horace, il vante
Sur-tout la médiocrité.

Vous vous flattez qu'à la campagne,
Loin de l'intrigue & loin du bruit,
La divine Hygie accompagne
Ceux que la fageffe conduit.
Vous croyez qu'en perdant, on gagne,
Quand on gagne au moins fon réduit.
Allez donc, Socrate ruftique !
Allez, moderne Phocion (4),
Au fond d'un afyle ruftique
Portez votre *inambition*,
Et cette bonhommie antique,
Qu'on nomme modération :
C'eft un mérite un peu gothique.
Je crois vous voir, loin des humains,
Aux bords de ce ruiffeau modefte
Qui ferpente dans vos jardins,
Revêtu d'un coftume agrefte,
Bêchant la terre de vos mains,
Forçant la chicane funefte
A fuir loin des cantons voifins,
Ou montant le luth qui vous refte
Au ton des Grecs & des Romains.

Que dis-je, Ami? de ce langage,
Ofai-je infulter la vertu?

J'abjure enfin ce badinage,
Et loin de crier : *où va tu ?*
Je t'admire & je t'encourage.
Je vois d'un œil religieux
Ta solitude comme un temple.
L'air n'en est point contagieux.
Peu de gens suivront ton exemple,
Mais il frappe les bons esprits.
Va, va ; c'est en vain que je ris ;
Mes satyres font des éloges,
Et tu peux compter que Paris
Enviera l'heureux coin des Vosges
D'où tu vas dater tes écrits.

Puisse au moins ce lieu solitaire,
Puisse ton toît, peu fastueux,
Offrir un abri salutaire
A l'homme, vraiment vertueux
Par système & par caractère,
Qui fuit & l'hôtel somptueux
Et tout l'éclat du ministère.
Puisse la paix qu'il va goûter
Ranimer sa force épuisée !
Puisse la douleur respecter
L'enceinte de son Élysée !
Et sous l'ombrage protecteur
Des arbres, qu'il planta lui-même,

Puiſſe l'innocente douceur
De la ſolitude, qu'il aime,
Rendre, par ſon charme ſuprême,
Ses jours auſſi purs que ſon cœur !

Par le Citoyen Ducroisi, Secrétaire - commis à la Convention Nationale.

N O T E S.

(1). À la séance extraordinaire de la Convention nationale du samedi soir, 6 octobre 1792, sur 375 votans, M. François eût 273 voix, et fut proclamé ministre de la justice. Dès le lendemain neuf heures du matin, il envoya sa renonciation au président de la Convention. Il m'écrivit en même-temps : « *Je pense que vous serez assez sage pour ne pas blâmer* » *le parti que j'ai pris* ».

(2). Depuis vingt ans je connais M. François. Depuis vingt ans j'en ai l'obligation à M. Boncerf, et voici la première fois que j'ai pu lui en témoigner *publiquement* ma reconnaissance.

(3). Je pourrais me dispenser de dire à beaucoup de personnes que cette ingénuité n'est point de moi. D'autres m'en croiraient l'auteur ; mais, je leur avoue qu'elle est du bon Lafontaine.

(4). Ce ne sont point les circonstances actuelles, ni la révolution, qui ont dirigé M. François dans sa conduite législative, ni dans sa conduite postérieure.

Dès l'année 1778, il imprima ces vers très-remarquables, qu'il met dans la bouche de Phocion, ancien général et gouverneur de la République d'Athènes :

. . . . Pour mieux consoler ma vieillesse flétrie
   Par le spectacle affreux des maux de ma Patrie,
   Mon fils, sois Citoyen ; que ce titre imposant
   Pour toi ne soit jamais un fardeau trop pesant !

Et toi, chère Glycés ; toi, sage Athénienne ;
Qui bravant un vain faste et ne dédaignant pas
D'apprêter de tes mains nos modestes repas
Sais être ensemble épouse et mère et citoyenne ;
Tandis qu'à nous servir ton zèle officieux,
Nous prépare sans art des fruits et du laitage,
Mêts simples que ta main nous rend délicieux,
De ta peine aujourd'hui permets-moi le partage
Et laisse-moi le soin de puiser en ces lieux
L'eau qui fut le nectar de nos sobres aïeux.

Dans un autre morceau du même Auteur, Démosthène
va trouver Phocion, dans sa retraite au hameau de *Mélite* ;
il lui peint avec force les maux de la Patrie, et finit par
lui dire :

Et de ta République, enfin, je désespère.

P H O C I O N, lui répond :

Jamais un Citoyen n'en doit désespérer.
En des temps malheureux le ciel nous a fait naître
Sans doute. A mes périls j'ai trop scu le connaître.
Mais, si l'État, enfin, doit périr aujourd'hui,
Ne pouvant le sauver, périssons avec lui.